うみのとしょかん

チンアナゴ 3《さん》きょうだい

葦原《あしはら》かも・作　森田《もりた》みちよ・絵

ここは、うみの　としょかんです。
きょうも、本《ほん》を　たのしんで　いる
さかなたちが　いっぱい。
としょかんは　たいてい　しずかですが、
ときおり、本《ほん》が　おもしろくて、くすくす
わらったり、ともだちに　はなしかけたり
する　こえが　きこえます。

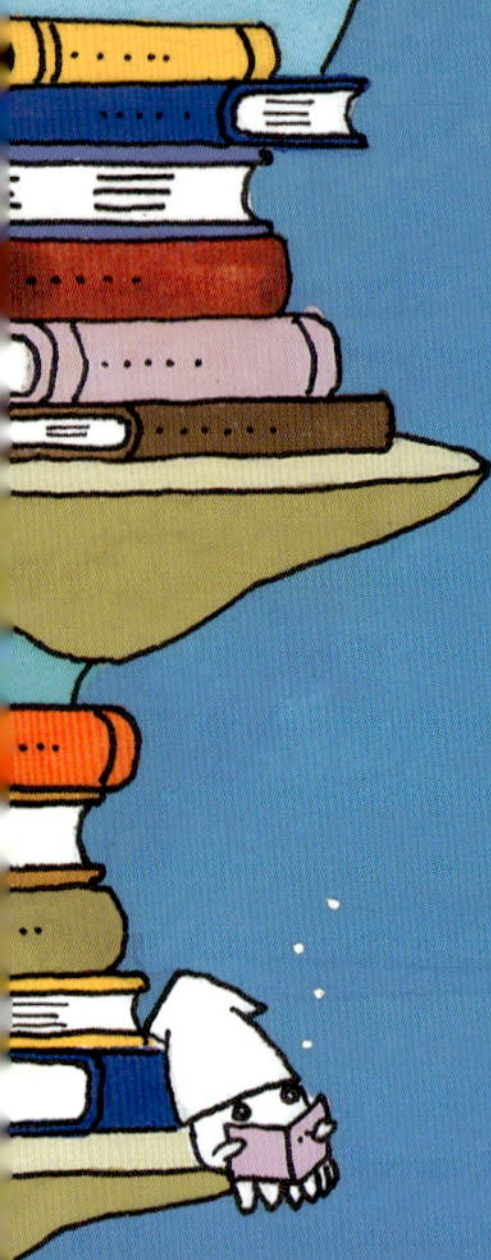

チンアナゴ3《さん》きょうだい

ある　日《ひ》の　ことです。

「きゃあ。」

「くるしい。」

「たすけて。」

小《ちい》さな　かわいい　ひめいが、きこえました。

「ん？」

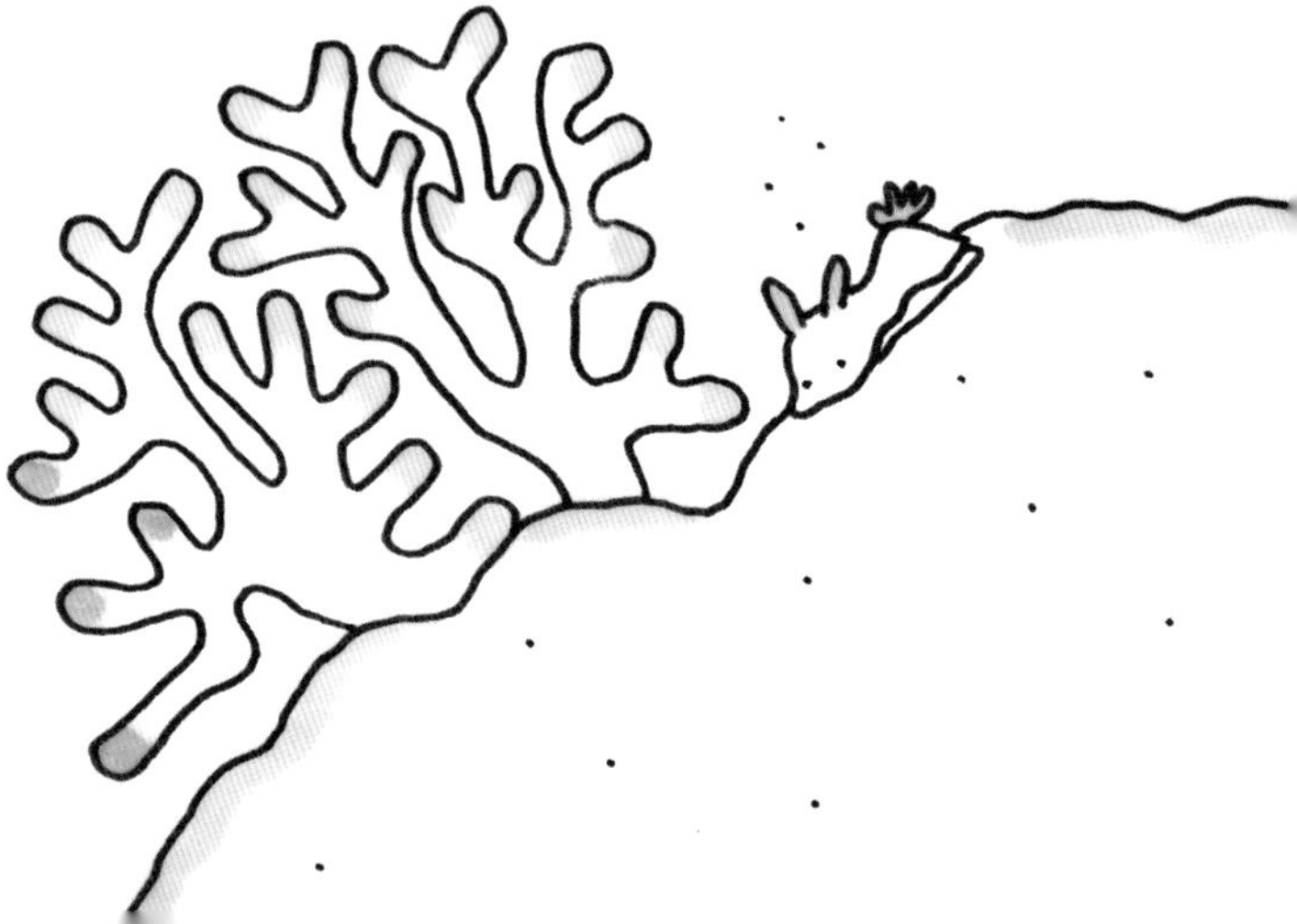

すなの　中《なか》から、ぶわっと　すがたを
あらわしたのは、わかい　ヒラメでした。
この　としょかんの、せわを　して
いるのです。

「いまの　こえは、また　あの子《こ》たちだな。」
大《おお》きな　えほんの　むこうがわを　のぞくと、
いました、チンアナゴの　三《さん》きょうだいです。
「こりゃ　ひどい。」
三《さん》びきは、からまりあって、
ほどけなく　なって
いるのでした。

ヒラメは、アオザメに　よりかかって　本《ほん》を
よんで　いた、小《ちい》さい　イカを
つれて　きました。
「たのむよ、イカちゃん。」
「はーい、まかせて。」
イカは、きように
手足《てあし》を　つかって、
からまって　いる
チンアナゴたちを、するんと

ほどいて　あげました。
「わーい、ほどけた。」
「ありがとう。」
「たすかった。」
　三《さん》びきは、
とても　うれしそうに、
口《くち》を
ぱくぱくさせました。

つづき
よもう
!

あれっ
なに　これ

こっちも
おもしろいよ

どれどれ
ぎゃあ
くるしい……

「ねえ、きみたち。」
ヒラメは、三《さん》びきに　いいました。
「そんなに　からまっちゃうんだったら、ひとつ
ていあんが　あるんだけど。」
「なあに？」
チンアナゴたちは、ヒラメを　見《み》つめました。
「大《おお》きい　本《ほん》を　みんなで　よむから、
からまっちゃうんだよ。みんな、べつべつの
本《ほん》を　よんで　みたら　どうかな？」

「おもしろそう。」
「いい かんがえ。」
「みんな べつべつ。」
チンアナゴたちは、
それぞれ 一《いっ》さつずつ
本《ほん》を うけとり、
ちがう ほうを むいて、
よみはじめました。

一《いっ》ぴきが、
「くすっ。」と
わらいました。
すると、
もう　二《に》ひきが、
のびあがって
のぞきこみます。

すぐに、
じぶんの　本《ほん》に
もどりましたが、
また　だれかが
「くふふっ。」
と　わらうと、
のぞきこんで
しまいます。

そんな　ことを
して　いる　うちに、
また　すっかり
からまって
しまったのです。

からまった　まま、

「くふふふ、　おかしいね。」

「からまっちゃった、　くふふふ。」

「なんでかな、　くふふふふ。」

と、　わらいが　とまらなく　なりました。

それを　見《み》て　いた　ヒラメも、　あまりに
おかしくて、

「ぐふっ、　ぐふふふ。」

と、　わらいだしました。

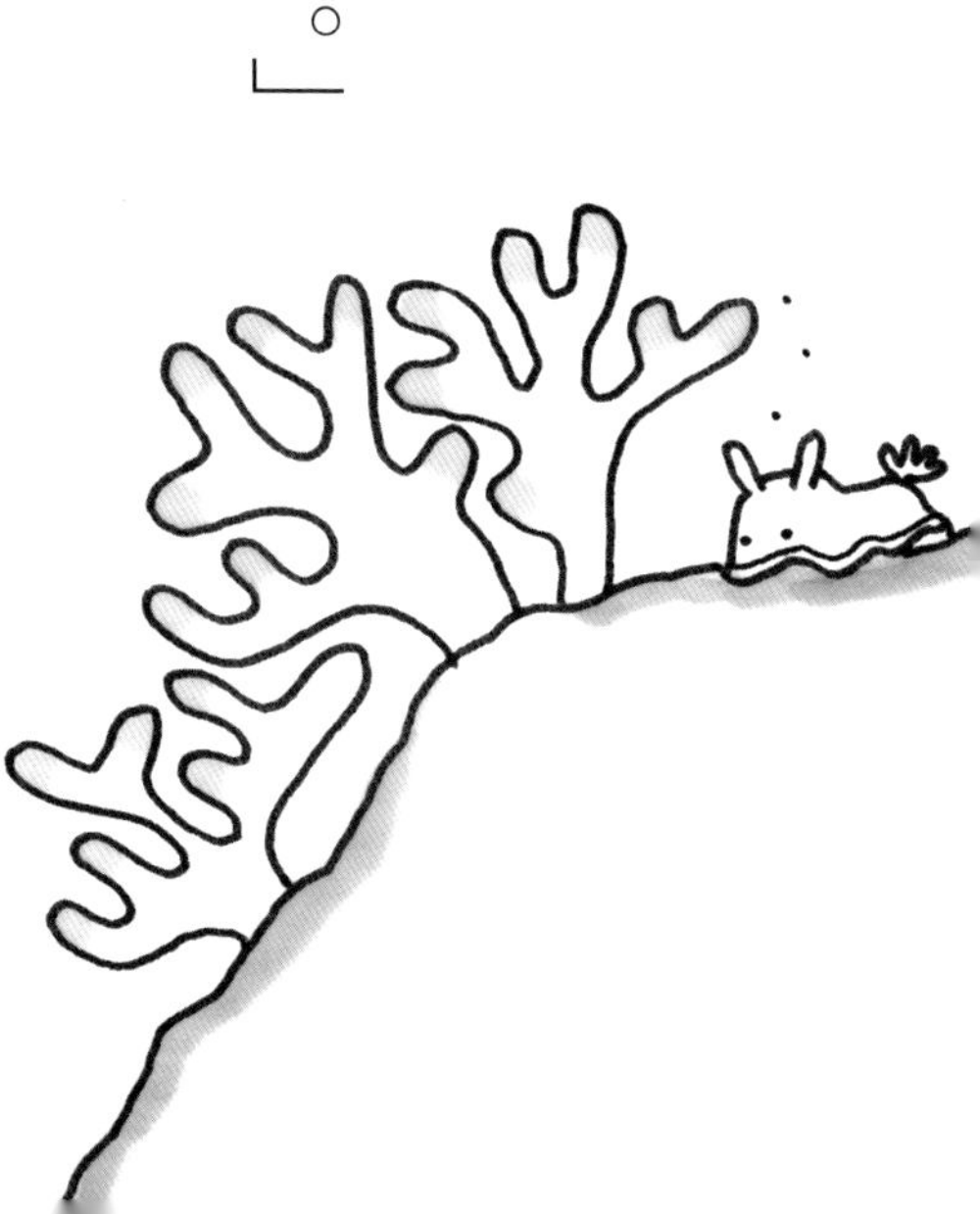

そこへ、
「なに？　なにが　そんなに　おかしいの？」
と、クルマエビの　おくさんが　やって
きました。
からまって　わらって　いる　チンアナゴを
見《み》て、
「キャハハハハハ。」
と、かんだかい　こえで　大《おお》わらいした
ものだから、もう　たいへんです。

まわりで　本《ほん》を　よんで　いた
さかなたちも、カニたちも
あつまって　きて、わらいだしました。
むっつり　こわい　かおを　した
オコゼも　わらって　います。
その　日《ひ》は　もう、だれも　どくしょに
なりませんでした。

チョウチンアンコウからの　てがみ

「おーい、ヒラメくん。」
大《おお》きな　水《みず》の　うねりと　ともに、さわやかな
こえが　しました。
すなの　中《なか》から　かおを　出《だ》した　ヒラメの
まえに、しゃっと　おりて　きたのは、
ウミガメでした。

「ヒラメくん、きみに　おてがみだよ。」……

「ぼくに　てがみ？　うれしいなあ、ぼく、……

てがみ　もらうの、大《だい》すきなんだ。」

ウミガメは、てがみを　さしだしました。

「チョウチンアンコウの　おくさんからだよ。」

「え、なんだって？」

ヒラメは　びっくりしました。

チョウチンアンコウは、お日《ひ》さまの　ひかりも
とどかない、ふかい　ふかい　うみの　そこに

すんで　いる　はずです。
「まあ、よんで　ごらんよ。」
ウミガメに
いわれて、ヒラメは、
てがみを……
ひろげました。

はいけい　ヒラメさま

はじめて　おたよりいたします。
わたしは、ふかい　うみの　そこで　いつも、
ちょうちんを　ともして、本《ほん》を　よんで　おります。
あなたさまが　すてきな　としょかんを　やって
いらっしゃると、ウミガメさんから　ききました。
ぜひ、本《ほん》ずきな　ヒラメさんの　おすすめの　本《ほん》を
かして　いただけないでしょうか。

チョウチンアンコウより

ヒラメは、ていねいな　てがみと　きれいな
字《じ》に、かんしんしました。

「ぼくは　あまり　本《ほん》を　よまないけれど、本《ほん》はこびなら、まかせてよ。」

ウミガメは、きもちよく　いいました。

ヒラメは、あれこれ　かんがえて、一《いっ》さつの本《ほん》を　えらびました。

「これは、クールな　タイの　たんていが、つぎつぎ　じけんを　かいけつして　いくはなしなんだ。とても　おもしろくて、けしきが　目《め》に　見《み》えるようで……。」

「よし、とどけて　くるね。」
ウミガメは、本《ほん》の　なかみには、
きょうみが　ないみたいでした。

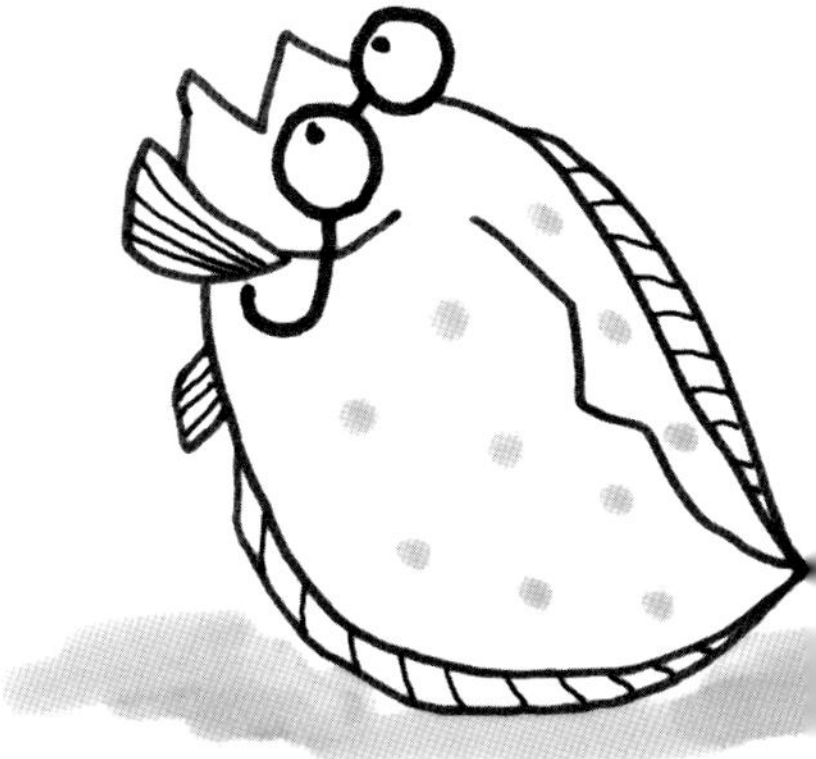

赤いせびれ

ヒラメは、くらい　うみの　そこで、あかりを　つけて　本《ほん》を　よむチョウチンアンコウの　すがたをそうぞうしました。

「ぼくと　アンコウさんは、あう　ことができない。でも、ぼくが　よんだ　本《ほん》のせかいで、いま、アンコウさんは、おなじ　けしきを　見《み》て、おなじ　ひとにあって　いるんだ。本《ほん》って、ふしぎだな。」

なん日《にち》か　たって、ウミガメが　もどって
きました。
「やあ、ヒラメくん。」
「おかえり、ウミガメくん。アンコウさん、
よんだかな？」
ウミガメは、にっこり　わらって、
『赤《あか》い　せびれ』を　さしだしました。
ひらいて　みると、てがみが　はさまって
いました。

はいけい　ヒラメさま
『赤《あか》い　せびれ』　たいへん　たのしく　よませて
いただきました。
ヒラメさんと　おあいできなくても、
いっしょに　その　せかいに　いるようでした。
本《ほん》って、すてきですね。

チョウチンアンコウより

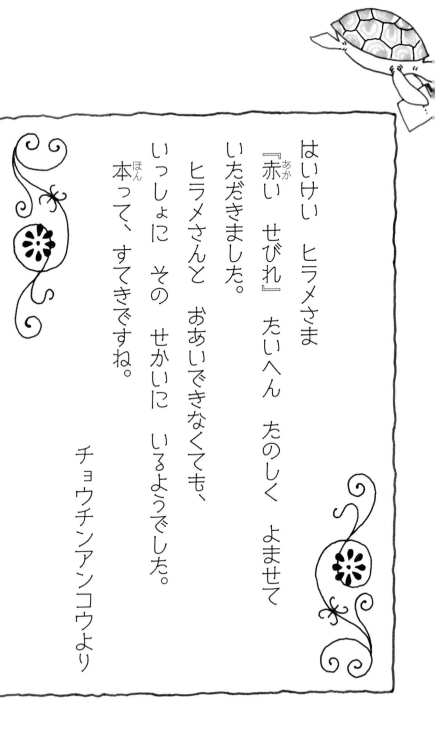

ヒラメは、チョウチンアンコウが、おなじことを　かんがえて　いたので、びっくりしました。
そして　なんだか、ずっと　まえから　ともだちだったような　気《き》が　したのです。
ものおもいに　ふけって　いる　ヒラメに、「じゃあね、また　くるね！」
ウミガメは　さわやかに　そう　いうと、しゃっと　およいで　いって　しまいました。

タツノオトシゴの　お父《とう》さん

「むかしむかし、ある　うみに、おじいさんタコと　おばあさんタコが　すんでいました。
おばあさんタコが　見《み》つけた、ひかる　かいがらの中《なか》から、タコの　ぼうやが　出《で》て　きました。
ふたりは　よろこんで、小《ちい》さい　タコをだいじに　そだてました。
大《おお》きく　なった　タコは、おじいさんとおばあさんに　おんがえしを　したいとおもい……。」

ここまで　きたら、タツノオトシゴの
お父《とう》さんは、なみだが　あふれて、本《ほん》が
よめなく　なって　しまいました。
「うわわーん、なんて　いい　むすこなんだ、
わーん。」

タコむすこ

タツノオトシゴは、メスが　オスの　おなかの中《なか》に、たまごを　うみます。たまごをそだてるのは、お父《とう》さんの　やくわりなのです。

お父《とう》さんは、まいにち　おなかの　子《こ》どもに、本《ほん》を　よんで　あげて　いました。でも、とてもなみだもろいので、いつも　とちゅうでなきだして、さいごまで　よめないのです。もうなんかいも、この　『タコむすこ』の　本《ほん》をとしょかんで　かりて　いました。

タコむすこ

「ちょっと、また　ないてるの。」
お母《かあ》さんが　やって　きました。
「もっと　わらえる　本《ほん》を　かりて
きましょうか？」
お父《とう》さんは、くびを　ふりました。
「だめなんだ。おなかの　中《なか》で、
子《こ》どもたちが　わらってるかな、
と　おもうだけで、なけて
くるんだ。」

「しょうがない　ひとね、
わたしが　よみましょうか。」
お母《かあ》さんが　そう　いうと、
お父《とう》さんは　くびを　また　ふります。
「だめだよ。ちちおやの　あいじょうを、
つたえたいんだ。」
「はい　はい。」
お母《かあ》さんは　あきれて、　はなれて　いって
しまいました。

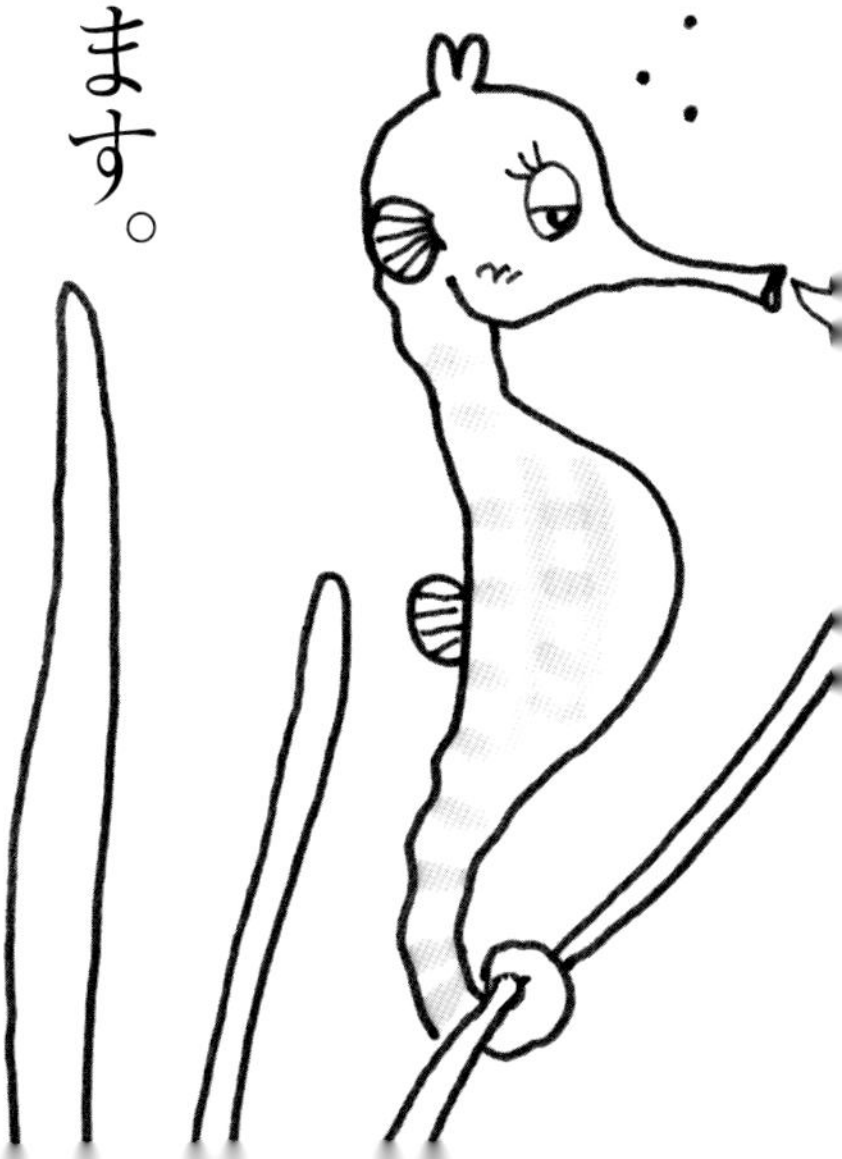

つぎの　日《ひ》の　ことです。
タツノオトシゴの　お父《とう》さんは、おなかが
ぱんぱんに　はって、いよいよだな、と
おもいました。
その　とたん、赤《あか》ちゃんが　一《いっ》ぴき、
とびだしました。
「うまれた！」
そして　つぎから　つぎへと、小《ちい》さい　小《ちい》さい
タツノオトシゴが　とびだしました。

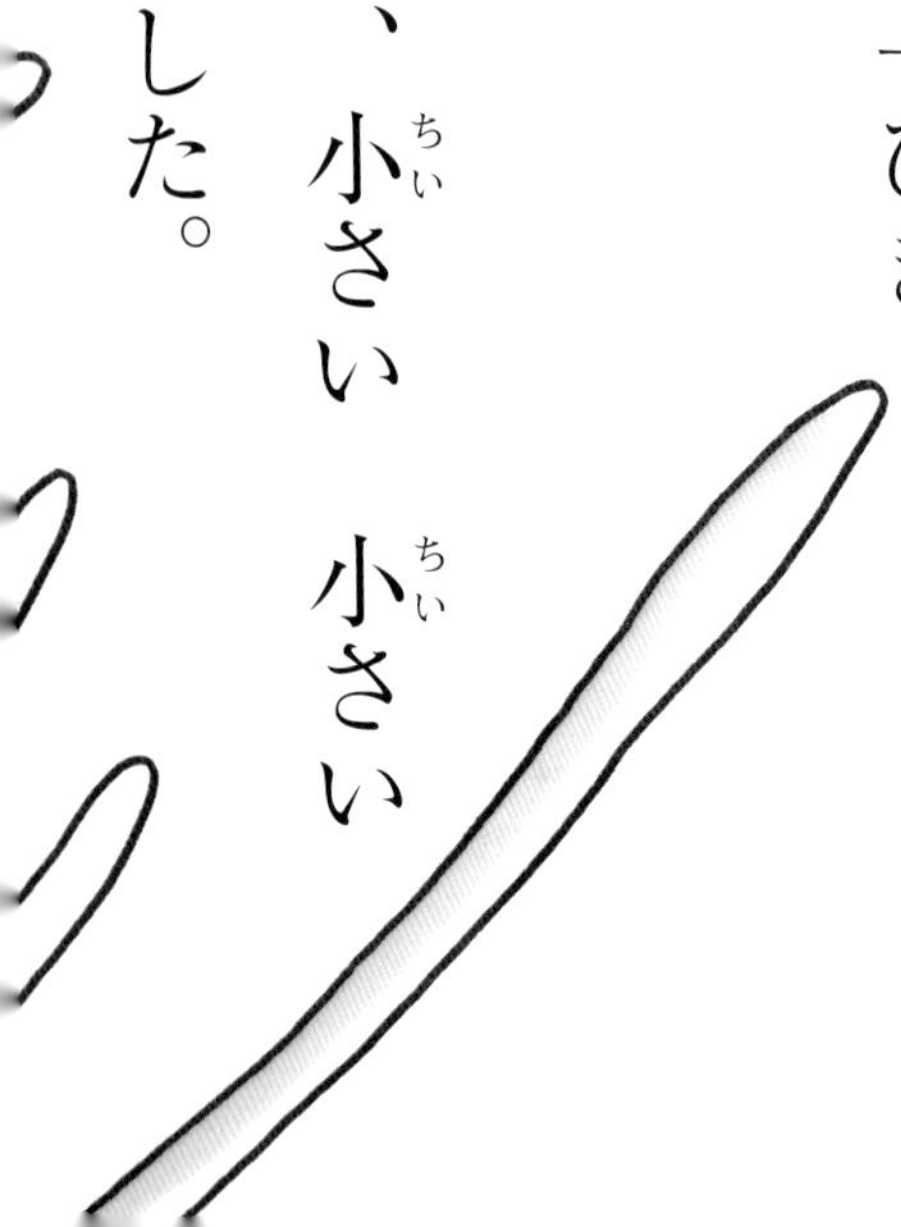

「おう、おう。」
お父《とう》さんは　もう、なみだで　ぐしゃぐしゃに
なり、なにも　いえません。

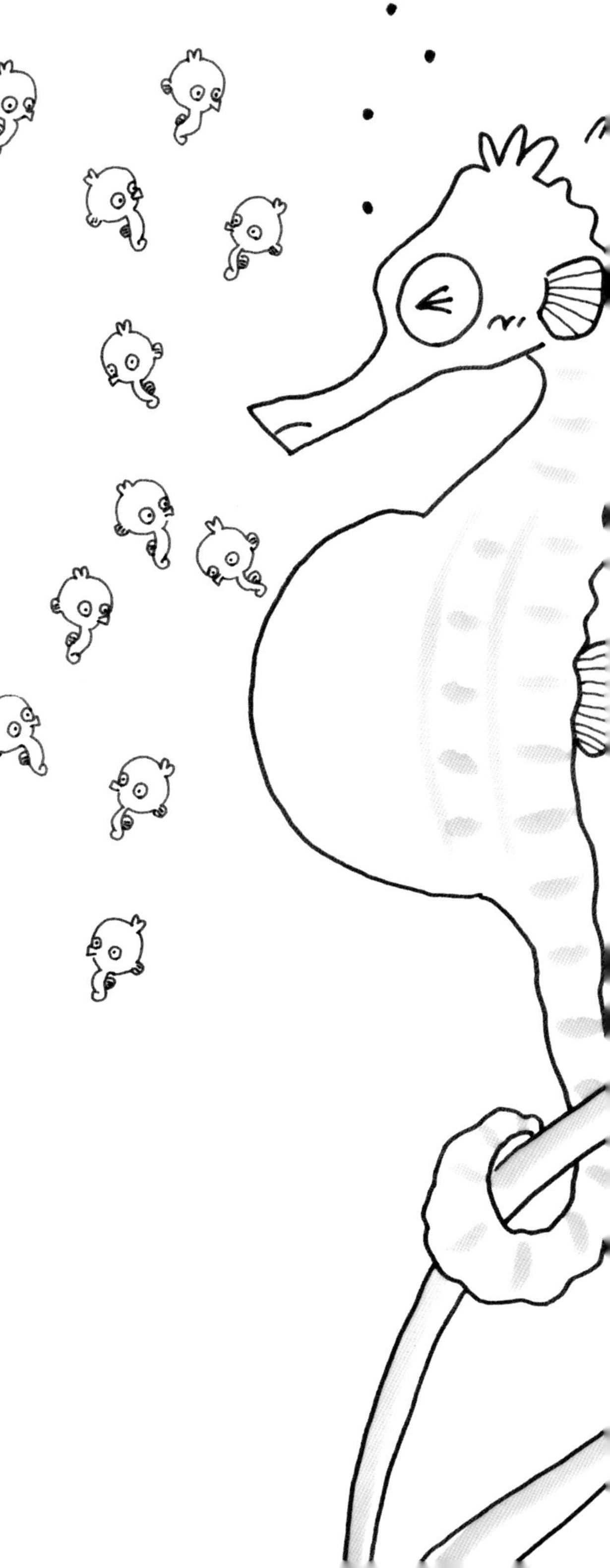

お母《かあ》さんも　やって　きました。

「あら、うまれたのね。みんな、こんにちは！」

「コンニチハ、オトウサン、オカアサン。」

百《ひゃっ》ぴきの　子《こ》どもたちは、お父《とう》さんに　よって
きました。

そして、こえを　そろえて、
「ムカシムカシ、アル　ウミニ、
オジイサンタコト　オバアサンタコガ　スンデ
イマシタ。」
お父《とう》さんは、びっくりしました。
子《こ》どもたちは、『タコむすこ』の　おはなしを、
すらすらと　いって、
「オジイサント　オバアサンニ
オンガエシヲ……。」

の　ところで
とまって　しまい、
じっと　お父《とう》さんを
見《み》つめました。
「ちゃんと、おなかの
中《なか》で　きいて
いたんだね……。」
また　なみだです。

お母《かあ》さんは、いそいで
ヒラメの　ところに、
さっき　かえした
『タコむすこ』の　本《ほん》を
かりに　いきました。
「うまれたんですね！
ぼくも　いっしょに
いきます。」
ヒラメは　せなかに

本《ほん》を　のせて、
タツノオトシゴの
ところに　いきました。
「むかしむかし、ある　うみに……。」
お父《とう》さんは、本《ほん》を　よみはじめました。
子《こ》どもたちは、まわりを　かこみました。
「大《おお》きく　なった　タコは、おじいさんと
おばあさんに……。」
いつも、ないて　しまう　ところに　きました。

お父《とう》さんは、子《こ》どもたちの　かおを　見《み》ました。
どの　子《こ》も、キラキラした　目《め》で　じぶんを　見《み》て　います。
なみだが　あふれそうに　なりました。
その　とき、
「がんばって。」
と、お母《かあ》さんが　いいました。
お父《とう》さんは、大《おお》きく　うなずくと、つづきを　しっかりと　よみはじめたのです。

タコむすこ

「こう　して、タコは　たくさんの
たからものを　もって、おじいさんと
おばあさんの　ところへ
かえりました。めでたし　めでたし。」
お父《とう》さんは、ほっと　いきを　ついて、
子《こ》どもたちを　見《み》ました。
なんと　百《ひゃっ》ぴきとも、くちゃくちゃの
かおを　して　ないて　います。
「おう、おう、ないてる、おう、おう。」

お父《とう》さんも、
また　なみだです。
「まったく　もう、
みんな　お父《とう》さんに
そっくりなんだから。」
お母《かあ》さんは　あきれて
いいましたが、
かおは　にこにこ
わらって　いました。

うたう　えほん

うみの　としょかんには、　いろいろな
なかまが　やって　きます。
本《ほん》を　たのしむだけでは　ありません。
なんとなく　ここに　いるのが　すきな、
ウミウシや　ナマコも　います。

そして、さっきから　ひらりひらりと、
としょかんの　上《うえ》を　およいで　いる、
大《おお》きな　さかなが　います。
「おーい、エイくん。」
ヒラメが　こえを　かけました。
「たまには　なんか、よんで　みる？」
エイは、ふわっと　すなの　上《うえ》に　おりて、
まわりを　見《み》まわして　いいました。

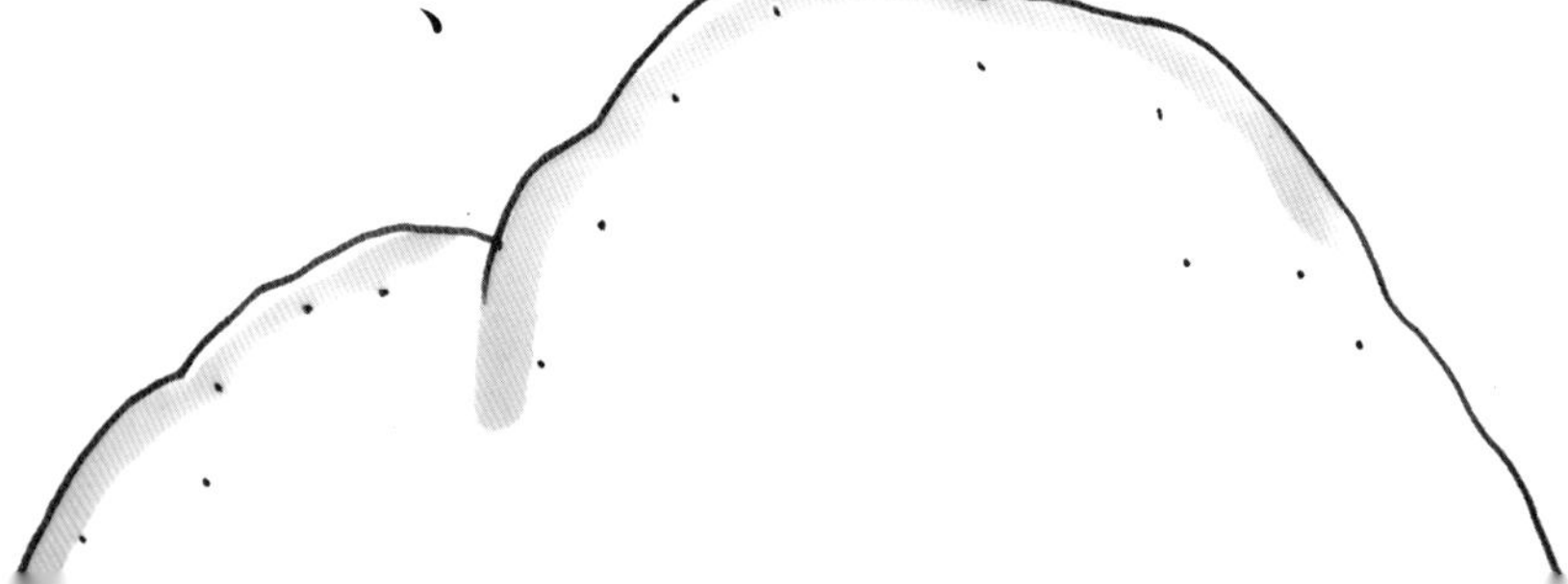

「ほら、見《み》て。大《おお》きな　本《ほん》の　ページを
めくってる　子《こ》が　いるでしょ。あの
パタパタした　かんじ、ぼくの　およぎに
にてると　おもわない？」
エイは、うかびあがると、ひれを　大《おお》きく
上《うえ》、下《した》に　うごかしました。
「ね、ぼくも　本《ほん》に　なったみたいで、
なんだか　たのしいんだ。」
ヒラメは　おどろきました。

「へえ、ほんとだ。そんな　たのしみかたも
あるんだね。」

その　とき、そばに　いた　タコの　子《こ》が
いいました。
「エイさん、ちょっと　おりて　きてよ。」
「なあに？」
タコの　子《こ》は、おりて　きた　エイの
せなかに、ひゅっと　くっつきました。
「ヒトデさん、ウミウシさん、みんなも
おいでよ。」
ヒトデや　ウミウシ、ナマコたちが　のぞのそ

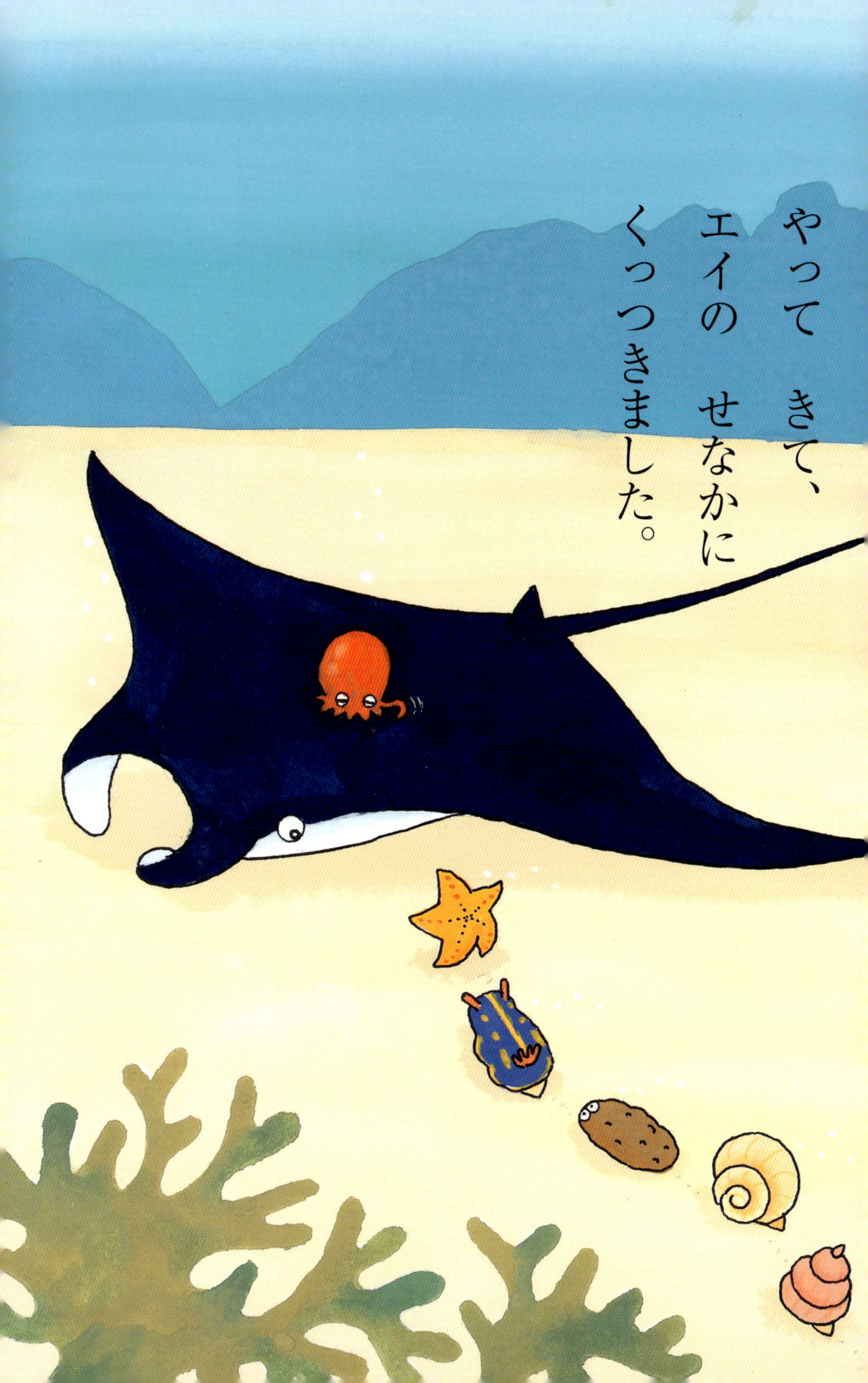

やって　きて、
エイの　せなかに
くっつきました。

「お、おもいよ。なんなの、いったい。」

「エイさん、これで　およいで　みてよ。」

「えー。」

エイは、よいしょと　うかびあがると、

おもそうに　およぎました。

タコの　子《こ》は、うれしそうに　いいました。

「見《み》て　見《み》て、ヒラメさん。なにに　見《み》える？」

「わかった！　きれいな　えほんだね。」

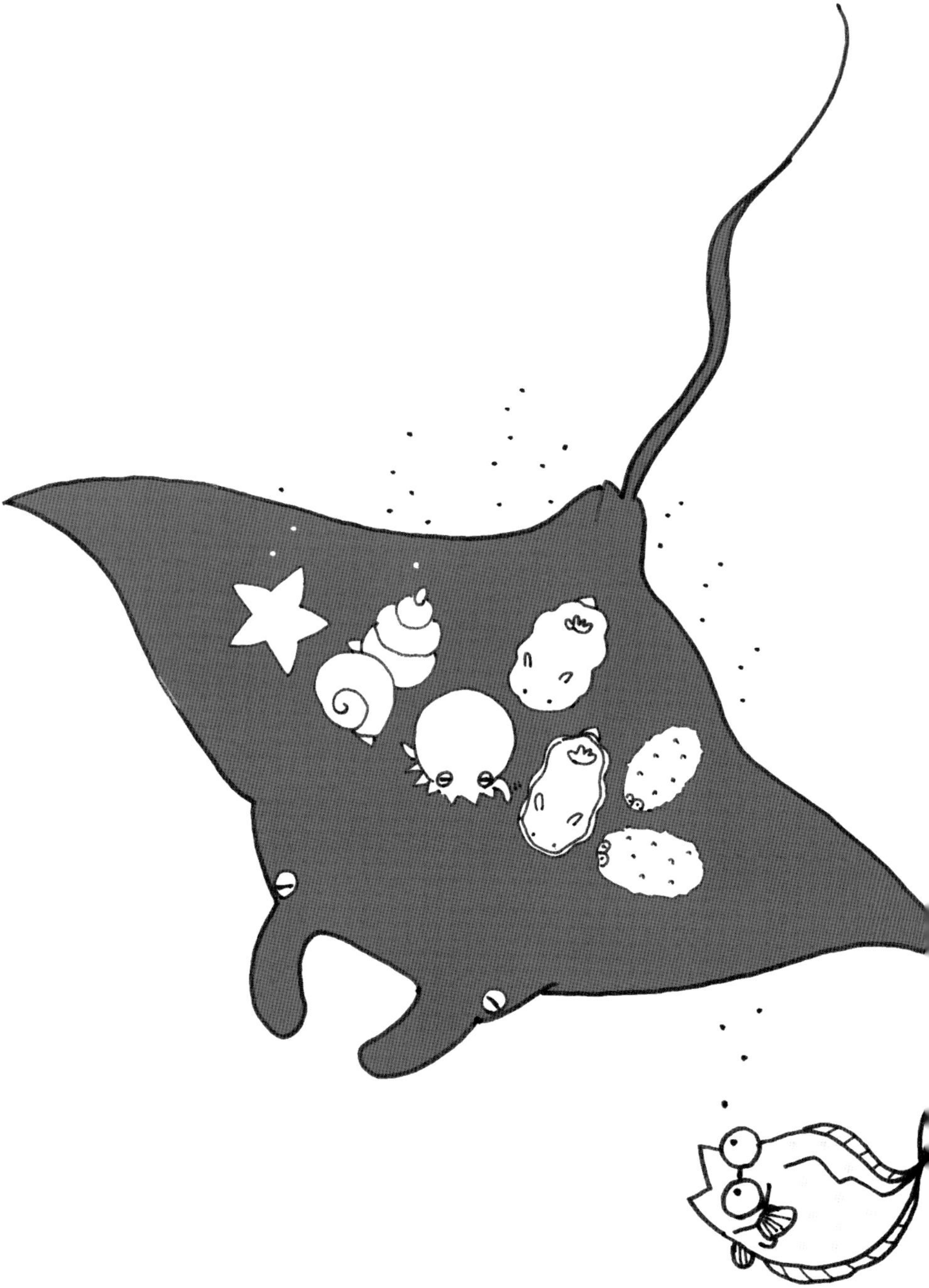

「えほん？　そうか、ぼくは、およぐ
えほんなんだ。」
エイも、まんざらでも　なさそうです。
「うたを　うたおうよ。」
ウミウシが、きれいな　こえで
うたいだしました。
みんなも　いっしょに　うたいました。

ゆらゆら　ゆらゆら
かいそう　ゆれて
クラゲも　イカも
おどりだす
イソギンチャクも
ゆらゆらら

その　ときです。としょかんが、
くろい　大《おお》きな　かげで　おおわれました。
みんなが　上《うえ》を　見《み》ました。
「ジンベエザメの　じいさんじゃ　ねえか。」
アオザメが　いいました。
ジンベエザメは、ゆったりと　およいで、
エイに　ちかづきました。
「おお、もう　いちど、うたって　おくれ。うた
う　えほんだなんて、すばらしいじゃ　ないか。」

ヒラメは、下《した》から
こえを　かけました。
「こんにちは。ようこそ
うみの　としょかんへ。」
「あんたが、ここの　せわを
して　いる　ヒラメさんか。
わしは　まえから、きて
みたいと　おもって　いたんじゃが、
本《ほん》の　こまかい　字《じ》は　よみにくくてのう。

そしたら、なんと　すてきな　えほんが
およいどるじゃ　ないか。
おもわず、きて　しまったんじゃ。」
「うれしいな、ぼくは　およぐ　えほん。みんな、
うたってね。」
エイが　ひれを　パタパタさせると、せなかの
みんなが　うたいだしました。
ジンベエザメは、うれしそうに　エイに
ついて　およぎました。

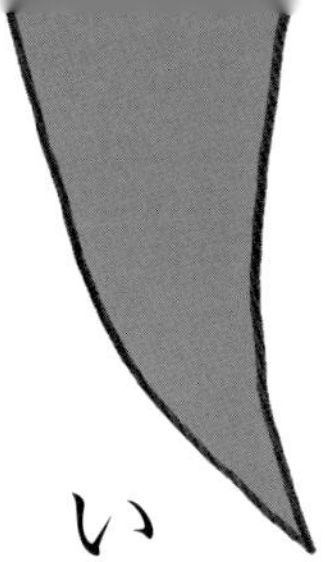

それを　見《み》て　いた　小《ちい》さい　さかなたちも、
いっしょに　およぎだしました。としょかんの
まわりを、みんなで　ゆっくり　まわります。
うたが　おわると、こんどは　しりとりを
したり、じぶんが　よんだ　本《ほん》の　はなしを
つぎつぎに　するので、ジンベエザメは、
「ほっほっほほう。」
と、たのしそうに　わらって　います。

ヒラメは、そんな　ようすを　見《み》あげて、
とても　しあわせな　きもちに　なりました。
「みんなの　おかげで、すてきな　できごとが
いろいろ　おこる。としょかんって、いいな。」
そう　つぶやくと、すなの　中《なか》に　もぐって、
目《め》だけ　出《だ》して、じぶんの　よみかけの　本《ほん》の
つづきを　よみはじめました。

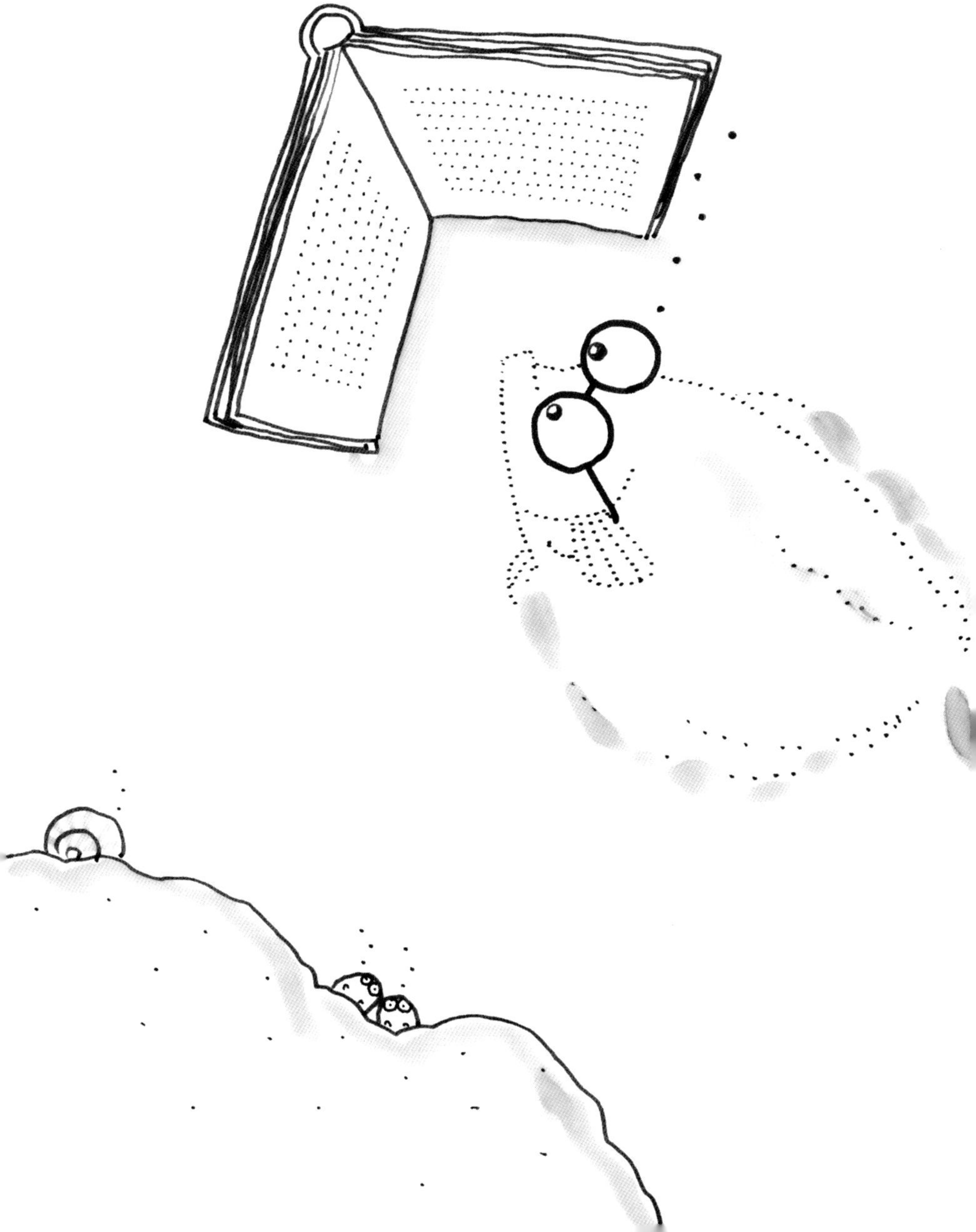

作者・葦原かも
〔あしはらかも〕

第五十四回講談社児童文学新人賞佳作を受賞した、『まよなかのぎゅうぎゅうネコ』でデビュー。すいぞくかんにいったのに、チンアナゴにきづかず、もういちど入りなおしました。

画家・森田みちよ
〔もりたみちよ〕

絵本に「ぶたぬきくん」シリーズ、児童書のさし絵に「なんでもコアラ」シリーズなどがある。わたしのおきにいりはウミウシです。もっといろんなウミウシをかきたいなあ！

シリーズ装丁・田名網敬一《たなあみけいいち》

どうわがいっぱい⑫①

うみのとしょかん
チンアナゴ3《さん》きょうだい

2017年 12月 11日　第1刷発行
2022年 6 月 13日　第3刷発行

作者　葦原《あしはら》かも
画家　森田《もりた》みちよ

発行者　鈴木章一
発行所　株式会社 講談社
東京都文京区音羽 2-12-21(郵便番号 112-8001)
電話　編集　03(5395) 3535
　　　販売　03(5395) 3625
　　　業務　03(5395) 3615
N.D.C.913　78p　22cm
印刷所　株式会社 精興社
製本所　島田製本株式会社
本文データ作成　脇田明日香

ISBN978-4-06-199621-2